KB142641

호라티우스
HORATIUS

* 원문과 각주는 케임브리지대학 출판부에서 주석을 달아 1899년 발간한 토머스 매콜리의 시집 〈Lays of Ancient Rome and Other Poems〉를 기본으로 참고했음.

"리더가 결단의 순간 찾아 읽는 시!"

# 호라티우스
## HORATIUS

**토머스 매콜리** 지음 | **채이삭** 옮김

미디어

기원전 6세기 초반, 이탈리아 중부를 흐르는 티베르Tiber 강을 사이에 두고 로마와 에트루리아 사이에 전쟁이 있었다. 로마가 왕정에서 공화정으로 새롭게 출발하던 변화의 시기였다.

클루시움Clusium의 왕 포르세나Porsena가 에트루리아 동맹군을 이끌고 로마를 공격한 것이다. 수만 명이나 되는 기마병과 보병이 티베르 강의 수블리키우스 다리Pons Sublicius까지 진격했다.

당시 로마는 왕정 말기의 과도적 시기인데다 전사들이 많은 편이 아니어서 넓은 평원 전투에서는 에트루리아를 이길 만큼 강하지 못했다. 그래서 로마로 향하는 길목에 위치한 수블리키우스 다리가 내려다보이는 방벽에 경비대를 주둔시켜 적으로부터의 침입을 감시하게 했다.

다리를 지키고 있는 경비대에는 용감한 장수가 있었

으니, 그의 이름은 호라티우스Horatius였다. 포르세나의 군대가 침략해오자, 수문장 호라티우스는 로마 병사들에게 큰소리로 외쳤다.

"지금 당장 다리를 파괴하자! 적들이 강을 건너면 로마는 희망이 없다. 적들이 공격하여 올지라도 나를 도와줄 사람 둘만 있으면 다리 건너편에서 좁은 진입로를 막을 수 있다. 나와 같이 로마를 수호할 사람은?"

그의 말이 끝나기도 전에 라르티우스와 헤르미니우스가 앞으로 나섰다.

호라티우스와 두 용감한 로마 병사는 적을 저지하기 위해 다리 건너편으로 달려갔다. 세 사람은 앞을 방패로 가리고, 손에는 긴 창을 들고 좁은 길목에서 포르세나의 기마병들을 막았다. 그 사이에 로마 병사들, 그리고 호민관을 비롯한 로마의 귀족들이 합심하여 다리를 받치는 기둥들을 자르기 시작했다.

교각을 자르기 위해 내리찍는 로마 병사들의 도끼소리가 울려 퍼졌고, 곧이어 다리가 흔들리면서 무너지기 일보직전이었다.

"돌아와라! 돌아와서 목숨을 구해라!"

로마의 원로들이 다리 건너편에서 호라티우스와 두 명의 병사에게 소리쳤다. 바로 그때 포르세나의 기마병들이 호라티우스 일행을 향해 돌격해왔다.

"너희들은 일단 후퇴하여 살아남아라. 내가 이 길을 지키겠다."

호라티우스는 그의 좌우를 맡았던 용감한 두 병사들에게 말했다. 두 병사는 황급히 뒤로 돌아 달려 다리를 건넜다. 그들이 강 건너편에 도착하자, 다리의 기둥과 나무판들이 넘어져 부서지는 소리가 들렸다. 다리는 강물 속으로 요란한 소리를 내며 쓰러졌다.

적들을 막아서 있던 호라티우스는 그 소리를 듣고 이제 로마가 안전해졌다는 사실을 알았다. 그는 적들을 주시하면서 뒷걸음으로 강둑에 다다랐다. 그때 화살 하나가 호라티우스의 왼쪽 눈에 박혔지만, 그는 당황하지 않고 오히려 적 기마병을 향해 창을 던지고 재빨리 강물로 뛰어들었다. 수심이 깊고 물살이 빠른 강물이 무거운 갑옷을 걸친 데다가 눈에 상처까지 입은 그를 집어삼켰다.

그때 사납게 흐르는 강물을 바라보면서 다시 호라티우스를 볼 수 있으리라고 생각한 사람은 아무도 없었다.

그러나 얼마 지나지 않아 적의 창과 화살이 미치지 않는 강 이쪽에 호라티우스가 모습을 드러냈다. 동료 병사들의 환호성이 이어졌다. 강 건너편의 적병들 역시 환호했다. 호라티우스처럼 용맹하고 강한 사람을 지금껏 본 적 없었기 때문이다.

호라티우스의 용기 있는 행동으로 로마는 에트루리아 동맹의 침략을 물리칠 수 있었다. 로마 시민들은 로마를 구한 호라티우스에게 감사를 표했다. 시민들은 그를 '외눈박이 호라티우스'라는 뜻의 '호라티우스 코클레스Horatius Cocles'라고 불렀다. 다리를 지키다가 한쪽 눈을 잃었기 때문이다. 로마인들은 호라티우스의 희생과 공적을 기리기 위해 카피톨리오Capitolio 언덕에 그의 동상을 세웠다.

그 후 오랜 세월 동안 호라티우스에 관한 이야기는 사람들 사이로 전해졌다. 고대 로마 시대에 호라티우스가 티베르 강의 나무다리에서 위기에 처한 나라를 구한 것과 같이, 세상은 늘 용기 있는 사람을 필요로 하는 일들이 빈번하게 발생하기 때문이다. 절체절명의 위기에 리더의 용기 있는 결단은 시대의 운명을 결정한다.

1

클루시움의 왕 포르세나는

아홉 신들의 이름으로 맹세하였다.

위대한 타르킨 가문은

더 이상 환란을 겪지 않으리라.

이른 바 신탁의 날에

그가 맹세한 아홉 신의 이름으로

그의 군대를 소집한다.

동서남북으로

그의 명령을 전하는 사령들.

# I

Lars Porsena[1] of Clusium[2]

  By the Nine Gods[3] he swore

That the great house of Tarquin[4]

  Should suffer wrong no more.

By the Nine Gods he swore it,

  And named a trysting day,

And bade his messengers ride forth,

East and west and south and north,

  To summon his array.

---

1 Lars Porsena _ 포르세나 왕; BC 508~509년경 로마와 전쟁했던 에트루리아의 왕 이름.

2 Clusium _ 클루시움; 에트루리아의 수도로 현재의 치우시(Chiusi). 토스카나 주(州) 에 있다.

3 Nine Gods _ 주노(Juno), 미네르바(Minerva), 티니아(Tinia), 불칸(Vulcan), 마르스 (Mars), 새턴(Saturn), 헤라클레스(Hercules), 수마누스(Summanus), 베디우스(Vedius)의 아홉 신.

4 Tarquin _ 타르킨; 로마 왕국의 왕가 이름. 에트루리아 혈통이며, 로마 왕국의 마 지막 제7대 왕 루시우스 타르키니우스 수페르부스가 왕좌에서 쫓겨난 것이 전쟁 의 발단이 되었다. BC 509년의 전쟁 승리 이후 로마는 왕정에서 공화정으로 변 한다.

## 2

동서남북으로

왕의 사령들이 달리고 달려

성탑과 마을과 외딴 집에 이르기까지

진군의 나팔 소리 크게 울려 퍼졌으니

집안에서 머뭇거리는 사람들은

부끄러운 가짜 에트루리아인!

클루시움의 포르세나 왕이

로마를 향하여 진격한다.

Ⅱ

East and west and south and north

  The messengers ride fast,

And tower and town and cottage

  Have heard the trumpet's blast.

Shame on the false Etruscan[1]

  Who lingers in his home,

When Porsena of Clusium

  Is on the march for Rome!

---

1 Etruscan _ **에트루스칸**; 에트루리아인. 당시 이탈리아 반도 중서부와 북방 일대
  를 지배하던 종족. 현재의 토스카나, 라치오, 움브리아 지방이 에트루리아의 영토
  였다.

3

기병과 보병들이

여기저기에서 쏟아져 나온다.

시장터에서도 우루루

기름진 평원에서도 우루루

자주색 꽃잎으로 덮인 아펜니노 산맥의

밤나무, 소나무 꼭대기에 매달린

독수리 둥지처럼 숨어

은둔하던 병사들도 우루루.

III

The horsemen and the footmen

   Are pouring in amain

From many a stately market-place;

   From many a fruitful plain;

From many a lonely hamlet,

   Which, hid by beech and pine,

Like an eagle's nest, hangs on the crest

   Of purple Apennine[1];

---

1 Apennine _ **아펜니노**; 이탈리아 반도를 남북으로 종단하는 산맥. 북쪽으로는 알프스, 남쪽으로는 해안에 이른다.

4

신성한 산성 볼테라에서도,

매섭기로 유명한 그 요새는

신과 같은 선왕들을 위하여

거인들의 손길이 빚은 곳이라네.

바다로 둘러싸인 포풀로니아에서도,

초병이 눈을 부릅뜨고 있어도

사르데냐의 눈 덮인 봉우리들은

남쪽 하늘을 기리며 향한다네.

IV

From lordly Volaterræ[1],

  Where scowls the far-famed hold

Piled by the hands of giants

  For godlike kings of old;

From sea-girt Populonia[2],

  Whose sentinels descry

Sardinia's[3] snowy mountain-tops

  Fringing the southern sky;

---

1 Volaterræ _ 볼테라; 이탈리아 토스카나 주(州)에 있는 도시 이름으로, 현재는 중세적 분위기의 산성 마을로 유명하다.

2 Populonia _ 포풀로니아; 이탈리아 서해안의 피옴비노(Piombino) 근처에 위치했던 옛 도시 이름.

3 Sardinia _ 사르데냐; 이탈리아에서 시칠리아 다음으로 큰 섬. 신이 처음으로 지상에 발자취를 남긴 곳이라고 하여 지명은 '발자취'라는 뜻의 페니키아 어에서 나왔다.

5

서쪽 해안의 여왕 같은 자태를 지닌
피사가 뽐내는 시장터,
금발의 노예들이 노를 저어
마르세유의 갤리선이 오는 곳에서도.
옥수수와 포도와 꽃들을 품고 흐르는
굽이굽이 달콤한 치아나 강에서도,
하늘 향해 왕관을 두른 듯한
성곽마을 코르토나의 전망탑에서도.

V

From the proud mart of Pisæ[1],

   Queen of the western waves,

Where ride Massilia's[2] triremes[3]

   Heavy with fair-haired slaves;

From where sweet Clanis[4] wanders

   Through corn and vines and flowers;

From where Cortona[5] lifts to heaven

   Her diadem of towers.

---

1 Pisæ _ **피사**; 현재는 사탑으로 유명하지만 당시 이탈리아 반도의 해상무역 거점 도시였다.

2 Massilia _ **마실리아**; 프랑스 마르세유의 옛 이름.

3 triremes _ **삼단노선**; 노가 3단으로 구성된 갤리선. 노예들의 인력에 의해 움직였다.

4 Clanis _ **클라니스**; 현재의 치아나 강. 토스카나 지역을 흘러 티베르 강으로 합류한다.

5 Cortona _ **코르토나**; 에트루리아의 동맹 도시. 토스카나 주(州)의 아레초(Arrezzo)에 있다.

6

키 큰 것은 참나무, 도토리가 떨어져
아우세르 강물 줄기가 짙게 물든다.
살진 것은 숫사슴, 치미니 산악지대
숲에서 나뭇가지를 씹고 또 씹는다.
흘러내리는 모든 강물 중에서도
클리툼누스는 목동들의 강.
모든 호수 중에서도 위대한 볼세나는
들새 사냥꾼들이 가장 사랑하는 곳.

# VI

Tall are the oaks whose acorns

    Drop in dark Auser's[1] rill;

Fat are the stags that champ the boughs

    Of the Ciminian hill[2];

Beyond all streams Clitumnus[3]

    Is to the herdsman dear;

Best of all pools the fowler loves

    The great Volsinian mere[4].

---

1 Auser _ 아우세르; 현재의 세르치오(Serchio) 강. 토스카나에서 세 번째 큰 강이다.

2 Ciminian hill _ 치미니 산악지대로 현재의 실바 치미니아(Silva Chiminia). 고대 로마와 에트루리아 지역이 구분되는 경계로 원시림 숲으로 뒤덮여 있었다.

3 Clitumnus _ 클리툼누스; 움브리아의 작은 강. 현재의 클리투노(Clitunno).

4 Volsinian mere _ 현재의 볼세나 호수(Lake Bolsena)

7

이제 아우세르 협곡에서는

나무꾼의 도끼 소리가 사라지고,

치미니의 푸른 언덕에서는

숫사슴의 뒤를 쫓는 사냥꾼이 자취를 감추었으니

클리툼누스 강을 따라서는

얼룩무늬 수송아지가 한가로이 풀을 뜯고,

볼세나 호수에서는

물새들이 거침없이 자맥질하고 있다.

## VII

But now no stroke of woodman

  Is heard by Auser's rill;

No hunter tracks the stag's green path

  Up the Ciminian hill;

Unwatched along Clitumnus

  Grazes the milk—white steer;

Unharmed the water—fowl may dip

  In the Volsinian mere.

8

올가을 아레초의 수확기에는
노인들이 농사를 거두어야 하고,
올해부터 길 잃은 양들은
움브리아의 소년들이 돌봐야 한다.
올해도 역시 루나의 와인 통에서는
포도 밟는 맨발 소녀들 웃음소리에
햇술이 익어 갈 텐데
소녀들의 사랑은 로마로 진군하고 있다.

# VIII

The harvests of Arretium[1],

   This year, old men[2] shall reap;

This year, young boys in Umbro[3]

   Shall plunge the struggling sheep;

And in the vats of Luna[4],

   This year, the must shall foam

Round the white feet of laughing girls

   Whose sires have marched to Rome.

---

1 Arretium _ **아레티움**; 에트루리아의 도시 이름으로 현재의 아레초(Arrezzo).

2 old man _ 47세 이후의 남자, 당시의 징집 연령은 17–46세였다.

3 Umbro _ **움브로**; 현재의 움브리아. 이탈리아에서는 유일하게 바다가 없는 내륙 지역이다.

4 Luna _ **루나**; 에트루리아의 도시 이름으로 '콜리 디 루니(Colli di Luni)' 와인의 산지 이다.

9

선택받은 예언자 30명이 모였다.

이 땅의 현자들은 언제나

포르세나 왕의 사람들,

아침과 저녁에도 각각

저녁과 아침에도 그 30명이

최고급 린넨에 받아 적은

계시를 뒤집어 버린다.

한물 간 예언자들이.

IX

There be thirty chosen prophets,

   The wisest of the land,

Who always by Lars Porsena

   Both morn and evening stand:

Evening and morn the Thirty

   Have turned the verses o'er,

Traced from the right on linen white

   By mighty seers of yore.

10

그 30명이 한 목소리로

기다렸다는 듯이 대답한다.

"전진, 전진, 포르세나 왕이여

전진하라, 하늘의 사랑을 받은 자여

돌아오라, 금의환향하라.

클루시움의 왕궁으로

누르시아의 제단으로

로마의 황금 문장을 바쳐라."

X

And with one voice the Thirty

　　Have their glad answer given:

"Go forth, go forth, Lars Porsena;

　　Go forth, beloved of Heaven;

Go, and return in glory

　　To Clusium's royal dome;

And hang round Nurscia's's[1] altars

　　The golden shields of Rome."

---

1 Nurscia _ **누르시아**; 움브리아 남부, 현재 페루지아 지방의 마을 이름. 베네딕트 수도회의 창시자인 '누르시아의 베네딕트(Benedict of Nursia)'가 이곳 사람이다.

11

이제 모든 도시가 앞을 다투어
수많은 병사들을 올려 보냈으니
보병은 팔만 명,
기병은 일만 명.
로마 가까운 수트리의 성문 앞에
대대적인 진을 설치하였으니
위대한 포르세나 왕이
바로 그 신탁의 날에.

# XI

And now hath every city

　Sent up her tale of men;

The foot are fourscore thousand,

　The horse are thousands ten.

Before the gates of Sutrium[1]

　Is met the great array.

A proud man was Lars Porsena

　Upon the trysting day.

---

12

에트루리아의 모든 군사들이

그의 휘하에 포진하였다.

그 중에는 추방된 로마인도 많고,

그 중에는 용감한 동맹군도 많고.

또 한 사람이 따르고 있었으니

소집을 듣고 합세한

투스칸의 마밀리우스

이름하여 라치오의 왕자.

XII

For all the Etruscan armies

　Were ranged beneath his eye,

And many a banished Roman,

　And many a stout ally;

And with a mighty following

　To join the muster came

The Tusculan[1] Mamilius[2],

　Prince of the Latian[3] name.

---

**1** Tusculan _ **투스쿨란**; 에트루리아 사람을 지칭하는 말.

**2** Mamilius _ **마밀리우스**; 옥타비우스 마밀리우스는 로마 왕국 타라킨 왕의 공주와 결혼했다고 한다.

**3** Latian _ **라티안**; 라치오(Lazio). 현재의 캄파냐 디 로마(Campagna di Roma) 지방에 해당한다.

13

마침내 소동과 공포가
물빛 노란 티베르 강변에 일렁인다.
광활한 평원에서 로마에 이르기까지
사람들은 달아나기 바빴으나
로마 가까운 지척에서
군중들은 길을 멈추었다.
긴긴 이틀 동안 밤낮에 걸쳐
두려운 광경이 펼쳐졌으므로.

# XIII

But by the yellow Tiber[1]

   Was tumult and affright:

From all the spacious champaign

   To Rome men took their flight.

A mile around the city,

   The throng stopped up the ways;

A fearful sight it was to see

   Through two long nights and days.

---

1 Tiber _ **티베르**; 고대 로마 북서쪽을 흐르는 티베르 강은 북방으로부터의 침입을
막는 방어선이었다.

14

목발을 짚은 노인들과
아이를 임신한 여자들,
아이 딸린 어머니들은 흐느끼지만
아이들은 매달리면서도 웃음을 짓는다.
병난 사람들은 노예들이
어깨에 멘 가마를 타고 있다.
검게 탄 농민군들은
낫과 몽둥이를 들고 있다.

## XIV

For aged folks on crutches,

   And women great with child,

And mothers sobbing over babes

   That clung to them and smiled,

And sick men borne in litters

   High on the necks of slaves,

And troops of sun−burned husbandmen

   With reaping−hooks and staves,

15

가죽부대에 담은 포도주를 싣고서

떼 지어 움직이는 노새와 당나귀,

끝없는 염소와 양 떼,

끝없는 암소 무리.

옥수수 부대와 가재도구,

그 무게에 삐걱거리는

끝없는 마차 행렬에

성문마다 광란의 도가니.

XV

And droves of mules and asses

  Laden with skins of wine,

And endless flocks of goats and sheep,

  And endless herds of kine,

And endless trains of wagons

  That creaked beneath the weight

Of corn—sacks and of household goods,

  Choked every roaring gate.

16

한밤중에도 하늘이 검붉도록
불타오르는 마을들을
로마의 타르페아 높은 절벽에서
겁에 질린 시민들이 쳐다본다.
로마의 원로들에게,
밤낮으로 앉아만 있는 그들에게
말 탄 전령은 시시각각
불리한 전세를 전한다.

## XVI

Now, from the rock Tarpeian[1],

   Could the wan burghers spy

The line of blazing villages

   Red in the midnight sky.

The Fathers of the City,

   They sat all night and day,

For every hour some horseman came

   With tidings of dismay.

---

1 rock Tarpeian _ 타르페아 바위; 로마의 카피톨리노 구릉에 있는 수직 절벽. 로마
공화정 때 처형 장소로 이용하던 곳이다.

## 17

동쪽으로도, 서쪽으로도

토스카나의 무리가 번진 곳은

주택도, 울타리도, 비둘기장마저도 사라졌다.

로마의 접경 크루스투메리움도 마찬가지.

로마의 외항 오스티아로 내려간 베르베나는

모든 평원을 초토화시켜 버렸다.

야니쿨룸 언덕의 요새를 기습한 아스투르는

막강한 경비대를 궤멸하였다.

# XVII

To eastward and to westward

  Have spread the Tuscan bands;

Nor house, nor fence, nor dovecote

  In Crustumerium[1] stands.

Verbenna[2] down to Ostia[3],

  Hath wasted all the plain;

Astur[4] hath stormed Janiculum[5],

  And the stout guards are slain.

---

1 Crustumerium _ 크루스투메리움; 고대 이탈리아의 지명으로 로마 북동쪽 15km, 교통의 요충지였다.

2 Verbenna _ 베르베나; 사람 이름.

3 Ostia _ 오스티아; 로마의 외항으로 티베르 강의 입구.

4 Astur _ 아스투르; 사람 이름.

5 Janiculum _ 야니쿨룸; 로마의 일곱 언덕의 하나로 티베르 강의 서안.

18

확실히 모든 원로들 가운데
겁 없는 사람은 아무도 없었다.
나쁜 소식이 들리면
가슴 아프다며 쥐어짤 뿐.
벌떡 집정관이 일어서자
원로들도 모두 일어서서
차림새를 급히 여미고
서둘러 방벽으로 따라나선다.

## XVIII

I wis, in all the Senate,

   There was no heart so bold,

But sore it ached, and fast it beat,

   When that ill news was told.

Forthwith up rose the Consul,

   Up rose the Fathers all;

In haste they girded up their gowns,

   And hied them to the wall.

19

그들은 강변의 성문 앞에서
비상회의를 열었다.
짐작 가듯 시간이 별로 없었다.
토론하다가, 말이 끊겼다가,
모두에게 집정관이 숨김없이 말한다.
"반드시 다리를 지켜야 한다.
야니쿨룸이 함락된 이상
그 무엇도 우리를 보호해 줄 수 없다."

## XIX

They held a council standing

  Before the River-gate;[1]

Short time was there, ye well may guess,

  For musing or debate.

Out spake the Consul[2] roundly:

  "The bridge[3] must straight go down;

For, since Janiculum is lost,

  Nought else can save the town."

---

1 River-gate _ 성문; 정확한 위치는 알려져 있지 않다. '플루멘타나 게이트(The Porta Flumentana)'라고도 한다.

2 Consul _ 집정관; 당시의 집정관은 발레리우스 푸블리콜라(Valerius Publicola), 로마 공화정의 첫 번째 집정관으로 간주되고 있다.

3 bridge _ 다리; 호라티우스가 사수한 목조 교량. 고유명사는 수블리키우스 다리 (Pons Sublicius, the Sublician bridge).

## 20

바로 그때 정찰병이 날 듯이 달려온다.

초조와 불안이 역력하다.

"전투준비! 전투준비! 집정관 각하

포르세나 왕이 여기까지!"

낮은 언덕에서 서쪽 방향으로

집정관의 시선이 고정되고,

검은 모래 폭풍을 본다.

하늘 높이 상승하는.

XX

Just then a scout came flying,

All wild with haste and fear:

"To arms! to arms! Sir Consul,

Lars Porsena is here."

On the lows hills to westward

The Consul fixed his eye,

And saw the swarthy storm of dust

Rise fast along the sky.

21

붉은 회오리바람이

점점 가까워진다.

더욱 거세게 불어온다.

밑에서는 암운이 퍼지듯이

전의를 고취하는 트럼펫 소리,

짓밟는 소리가 웅웅거린다.

분명히, 더 분명히

어둠 속에서 드러나는 모습,

왼쪽 끝에도, 오른쪽 끝에도

검푸르게 번쩍거리는

투구의 긴 대열.

창칼의 긴 대열.

## XXI

And nearer fast and nearer

Doth the red whirlwind come;

And louder still and still more loud,

From underneath that rolling cloud,

Is heard the trumpet's war-note proud,

The trampling, and the hum.

And plainly and more plainly

Now through the gloom appears,

Far to left and far to right,

In broken gleams of dark-blue light,

The long array of helmets bright,

The long array of spears.

22

어렴풋이 보이던 전선에서

분명히, 더 분명히

깃발이 보이기 시작한다.

열두 개의 도시가 펄럭인다,

동맹의 깃발 중에서도

클루시움이 가장 높다.

중부의 공포, 움브리아

북부의 공포, 갈리아

## XXII

And plainly and more plainly,

   Above that glimmering line,

Now might ye see the banners

   Of twelve fair cities[1] shine;

But the banner of proud Clusium

   Was highest of them all,

The terror of the Umbrian[2],

   The terror of the Gaul[3].

---

1 fair cities _ **동맹 도시**; 로마에 대항하여 에트루리아 동맹에 참가했던 12개의 주
요 도시. 현재 그 도시명이 일부만 전한다.

2 Umbrian _ **움브리아**; 이탈리아 중부에 있는 주(州) 이름.

3 Gaul _ **골**; 프랑스 계통의 부족이 거주하던 이탈리아의 북방. '갈리아(Gallia)'라고
도 부른다.

## 23

분명히, 더 분명히

이제 시민들은 알게 되었다.

풍모와 차림새에서, 말과 투구에서

에트루리아의 호전적인 귀족들이었다.

저기 아레초의 킬니우스도

그 휘하에는 적토마가 보인다.

사각 방패를 든 아스투르는

그 누구도 휘둘러보지 못한 칼을 차고 있다.

그리고 황금 벨트의 톨룸니우스.

그리고 갈대 우거진 트라시메누스 출신의

가무잡잡한 베르베나.

## XXIII

And plainly and more plainly

　　Now might the burghers know,

By port and vest, by horse and crest,

　　Each warlike Lucumo[1].

There Cilnius of Arretium[2]

　　On his fleet roan was seen;

And Astur of the four-fold shield,

Girt with the brand, none else may wield,

Tolumnius[3] with the belt of gold,

And dark Verbenna from the hold

　　By reedy Thrasymene[4].

---

**1** Lucumo _ **루쿠모**; 에트루리아의 귀족과 신관을 지칭하는 용어.

**2** Cilnius of Arretium _ **아레초의 킬니우스**; 에트루리아의 호족이었다.

**3** Tolumnius _ **톨룸니우스**; 에스투리아의 주요 도시인 베이오(Veio)의 왕으로 추정
　된다.

**4** Thrasymene _ **트라시메누스**; 페루지아에 있는 호수 이름.

24

왕의 깃발을 앞세우고

전쟁터를 굽어보는

클루시움의 포르세나 왕이

상아로 장식한 마차에 앉아 있다.

오른편에는 마밀리우스,

이름하여 라치오의 왕자.

왼편에는 그릇된 섹스투스,

행동이 수치스러운 개차반.

## XXIV

Fast by the royal standard,

   O'erlooking all the war,

Lars Porsena of Clusium

   Sat in his ivory car.

By the right wheel rode Mamilius,

   Prince of the Latian name;

And by the left false Sextus[1],

   That wrought the deed of shame.

---

1 Sextus _ **섹스투스**; 로마 왕정 최후의 왕 수페르부스의 아들. 섹스투스가 귀족의 딸이었던 루크레티아를 강간한 사건이 로마 왕정이 몰락하고 공화정으로 이행하는 계기가 되었다고 전한다.

25

섹스투스의 얼굴이
적들 사이에서 드러나자
하늘을 찌를 듯한 분노가
모든 마을에서 끓어올랐다.
여자들은 지붕 밑에서
그를 향해 욕하고, 야유했다.
악담할 줄 모르는 아이들조차
조막 주먹을 휘둘렀다.

## XXV

But when the face of Sextus

  Was seen among the foes,

A yell that rent the firmament

  From all the town arose.

On the house–tops was no woman

  But spat towards him and hissed,

No child but screamed out curses,

  And shook its little fist.

## 26

그러나 집정관의 이마에는 슬픈 기색이,

집정관의 말투는 기어들고 있었다.

성벽 앞에서, 적들 앞에서

움츠러들고 있었다.

"적의 선봉이 우리의 코앞에

다리로 몰려오기 직전이다.

적이 다리를 점령한다면

로마에 무슨 희망이 있겠는가?"

## XXVI

But the Consul's brow was sad,

   And the Consul's speech was low,

And darkly looked he at the wall,

   And darkly at the foe;

"Their van will be upon us

   Before the bridge goes down;

And if they once may win the bridge,

   What hope to save the town?"

27

바로 그때 용감한 수문장

호라티우스가 외쳤다.

"이 세상 모든 사람들에게

언젠가 죽음은 찾아오는 법,

두려움과 맞서 싸우는 것보다

더 훌륭한 죽음이 어디 있으랴.

조상들이 뼈를 묻은 이 땅을 위하여,

그 분들이 모시던 신들의 성전을 위하여."

## XXVII

Then out spake brave Horatius,

   The Captain of the gate:

"To every man upon this earth

   Death cometh soon or late.

And how can man die better

   Than facing fearful odds,

For the ashes of his fathers,

   And the temples of his Gods."

* 영국의 수상 처칠(Winston Churchill)이 애송했던 구절이다. 처칠
  에 관한 영화 〈Into the storm(2009)〉와 〈Darkest hour(2017)〉, 그
  리고 SF 영화 〈Oblivion(2013)〉에서 인용했다.

28

"아이를 무릎에 앉히고 달래는

다정한 어머니들을 위하여,

아기들을 가슴에 안고

젖을 물리는 아내들을 위하여,

영원한 로마의 불꽃을 지키는

신전의 성 처녀들을 위하여,

수치스러운 행동을 일삼는

그릇된 섹스투스로부터

그들을 구하기 위하여."

# XXVIII

"And for the tender mother

　Who dandled him to rest,

And for the wife who nurses

　His baby at her breast,

And for the holy maidens[1]

　Who feed the eternal flame,

To save them from false Sextus

　That wrought the deed of shame?"

---

1 holy maiden _ 성녀(聖女); 로마의 베스타 신전에서 불을 관리하던 미혼의 신녀.

## 29

"다리를 파괴합시다, 집정관 각하,

명령만 내려 주신다면, 지금 당장.

나를 도와줄 사람 둘만 더 있으면 됩니다,

적들이 공격하여 올지라도

다리 건너편 적진에서 세 사람이

좁은 진입로를 막겠습니다.

자, 누가 내 양 편에 설 것인가,

나와 같이 다리를 수호할 사람은?"

## XXIX

"Hew down the bridge, Sir Consul,

   With all the speed ye may;

I, with two more to help me,

   Will hold the foe in play.

In yon strait path a thousand

   May well be stopped by three.

Now who will stand on either hand,

   And keep the bridge with me?"

30

그러자 스푸리우스 라르티우스가 외쳤다.

그는 로마가 자랑하는 람네스 부족

"내가 당신의 오른쪽을 맡아

당신과 함께 다리를 지키겠소."

또한 힘센 헤르미니우스가 외쳤다.

그는 로마가 자랑하는 티티에스 부족 출신

"나는 당신의 왼쪽을 맡겠소.

당신과 함께 다리를 지키겠소."

## XXX

Then out spake Spurius Lartius;

    A Ramnian[1] proud was he:

"Lo, I will stand at thy right hand,

    And keep the bridge with thee."

And out spake strong Herminius;

    Of Titian[2] blood was he:

"I will abide on thy left side,

    And keep the bridge with thee."

---

**1** Ramnian _ 람네스; 고대 로마를 형성한 3부족의 하나. 람네스(Ramnes: Latin 민족), 티티에스(Tities: Sabini 민족), 루케레스(Luceres: Tusci 민족)가 3부족이다.

**2** Titian _ 티티에스; 로마 3부족의 하나.

31

"호라티우스," 집정관이 명한다.

"당신이 말한 대로, 그렇게 하시오."

강대한 적군을 정면으로 맞서기 위해

불굴의 세 사람이 앞으로 나아간다.

로마를 위한 싸움이었기에 로마인들은

땅으로도, 금으로도 흔들리지 않았다.

아들도, 아내도, 몸도, 생명도

용감한 그 시절에는.

## XXXI

"Horatius," quoth the Consul,

  "As thou sayest, so let it be."

And straight against that great array

  Forth went the dauntless Three.

For Romans in Rome's quarrel

  Spared neither land nor gold,

Nor son nor wife, nor limb nor life,

  In the brave days of old.

## 32

다른 마음을 품는 사람은 없었다.

그때는 모두가 나라를 위하였다.

위대한 사람은 어려운 사람을 도우니

어려운 사람은 위대한 사람을 사랑했다.

토지는 공정하게 분배되었고,

전리품은 공정하게 나누었다.

로마인들은 형제와 같았다.

용감한 그 시절에는.

## XXXII

Then none was for a party

   Then all were for the state;

Then the great man helped the poor,

   And the poor man loved the great:

Then lands were fairly portioned!

   Then spoils were fairly sold:

The Romans were like brothers

   In the brave days of old.

33

이제부터 로마는 로마인에게
적보다 더 못났던 사람들이었다.
호민관은 귀족을 견제하며
원로들은 평민들을 쥐어짜며
로마는 파벌 싸움으로 뜨거웠지만
전쟁터에서 냉정을 되찾았다.
그렇다, 사람들은 다투지 않고 싸우게 된 것이다.
용감한 그 시절에는.

## XXXIII

Now Roman is to Roman

  More hateful than a foe,

And the Tribunes[1] beard the high,

  And the Fathers grind the low.

As we wax hot in faction,

  In battle we wax cold:

Wherefore men fight not as they fought

  In the brave days of old.

---

1 Tribunes _ 호민관.

34

이들 세 명의 용사가
군장을 꾸리는 동안
집정관은 맨 앞에서
큰 도끼를 손에 들었다.
원로원들은 민회원들과 섞여
손도끼 자루를 잡고
나무다리 바닥판을 두드려
버팀목 아래쪽을 풀었다.

## XXXIV

Now while the Three were tightening

  Their harnesses on their backs,

The Consul was the foremost man

  To take in hand an axe:

And Fathers mixed with Commons

  Seized hatchet, bar, and crow,

And smote upon the planks above,

  And loosed the props below.

## 35

그런 사이에 토스카나의 군대는

보기만 해도 화려했으니

한낮에도 빛을 발한다.

겹겹의 금빛 바다처럼

빛으로 차오른다.

사백 대의 트럼펫이 일제히

진군의 나팔 소리 울리며

위대한 주인과 보조를 맞춘다.

군기를 펄럭이며 창기가 앞장서서

다리 앞으로 천천히 모여든다.

불굴의 세 사람이 있는 곳으로.

## XXXV

Meanwhile the Tuscan army,

   Right glorious to behold,

Come flashing back the noonday light,

Rank behind rank, like surges bright

   Of a broad sea of gold.

Four hundred trumpets sounded

   A peal of warlike glee,

As that great host, with measured tread,

And spears advanced, and ensigns spread,

Rolled slowly towards the bridge's head,

   Where stood the dauntless Three.

36

그 세 명은 말없이 침착하게

적들을 노려본다.

크나큰 비웃음소리가

적진의 선봉에서 터져 나온다.

그러자 세 명의 용사가 움직인다.

겹겹이 쌓인 적진 앞으로

그들이 땅에서 튀어 오른다.

칼을 휘두르며, 다른 손에는 방패를 높이 들고

좁은 길목을 지키기 위해 돌진한다.

## XXXVI

The Three stood calm and silent,

   And looked upon the foes,

And a great shout of laughter

   From all the vanguard rose:

And forth three chiefs came spurring

   Before that deep array;

To earth they sprang, their swords they drew,

And lifted high their shields, and flew

   To win the narrow way;

37

포도나무 언덕의 주인

초목 우거진 티페르눔의 아우누스

일바의 구리 광산에서 팔백 명을

이끌고 출정한 세이우스

평화와 전쟁의 일등공신

클루시움의 피쿠스

그 누가 요새로 둘러싸인 험준한 바위산의

움브리아의 힘과 맞설 것인가,

계곡의 지배자 네키눔의 요새는

나르 강의 물결조차 잔잔하게 다스렸으니.

## XXXVII

Aunus from green Tifernum[1],

  Lord of the Hill of Vines;

And Seius, whose eight hundred slaves

  Sicken in Ilva's[2] mines;

And Picus, long to Clusium

  Vassal in peace and war,

Who led to fight his Umbrian powers

  From that grey crag where, girt with towers,

The fortress of Nequinum[3] lowers

  O'er the pale waves of Nar[4].

---

1 Tifernum _ 티페르눔; 티베르 강 연안의 움브리아의 도시 이름.

2 Ilva _ 일바; 지중해에 있는 섬으로 구리 광산으로 유명하다. 현재의 엘바(Elba) 섬.

3 Nequinum _ 네키눔; 움브리아의 도시 이름. 나르 강 계곡을 지배했다.

4 Nar _ 나르; 움브리아의 강 이름.

## 38

용기 있는 라르티우스는 아우누스를

강물 바닥에 패대기친다.

헤르미니우스는 세이우스를

완전히 뭉개버린다.

용감한 호라티우스는 피쿠스를

단칼에 물리친다.

자랑스러운 움브리아의 황금 무구에서

피먼지 바람이 일어난다.

## XXXVIII

Stout Lartius hurled down Aunus[1]

   Into the stream beneath;

Herminius struck at Seius[1],

   And clove him to the teeth;

At Picus[1] brave Horatius

   Darted one fiery thrust;

And the proud Umbrian's gilded arms

   Clashed in the bloody dust.

---

**1** Aunus, Seius, Picus; 시인이 작명한 사람 이름.

39

팔레리이의 오크누스가

로마인 세 명을 향해 돌진한다.

우르고의 라우술루스는

바다의 방랑자.

거대한 멧돼지를 잡아 죽인

볼시니움의 아룬스

코사의 소택지 갈대밭으로 나와서

들판을 황폐화시키고,

알비니아 해변에서 사람을 공격한

동굴 속의 거대한 멧돼지를.

## XXXIX

Then Ocnus of Falerii[1]

   Rushed on the Roman Three;

And Lausulus of Urgo[2],

   The rover of the sea;

And Aruns of Volsinium[3],

   Who slew the great wild boar,

The great wild boar that had his den

Amidst the reeds of Cosa's[4] fen,

And wasted fields, and slaughtered men,

   Along Albinia's[5] shore.

---

1 Falerii _ **팔레리이**; 에트루리아 남부의 도시 이름으로 로마에서 북쪽으로 50km
에 위치.

2 Urgo _ **우르고**; 섬 이름. 현재의 고르고나(Gorgona) 섬으로 추정된다.

3 Volsinium _ **볼시니움**; 에트루리아에 있던 옛 도시 이름.

4 Cosa _ **코사**; 토스카나 남서부에 위치했던 옛 도시 이름.

5 Albinia _ **알비니아**; 토스카나의 항구.

40

헤르미니우스는 아룬스를 쳐부수고,

라르티우스는 오크누스를 때려눕히고,

호라티우스는 라우술루스의 심장을

정확히 가격한다.

그리곤 외쳤다. "꼴좋다, 망할 해적 놈!

더 이상 오스티아의 방벽에

창백하게 질린 군중들의 비명이

울려 퍼져 나가지 않으리라.

세 번이나 치를 떨었던 너희들 함대 때문에.

캄파니아의 짐승들조차

숲속의 동굴로 숨지 않으리라,"

## XL

Herminius smote down Aruns[1]:

   Lartius laid Ocnus[1] low:

Right to the heart of Lausulus[1]

   Horatius sent a blow.

"Lie there," he cried, "fell pirate!

   No more, aghast and pale,

From Ostia's walls the crowd shall mark

The track of thy destroying bark.

No more Campania's[2] hinds shall fly

To woods and caverns when they spy

   Thy thrice accursed sail."

---

1 Aruns, Ocnus, Lausulus; 시인이 작명한 장수들 이름.

2 Campania _ 캄파니아; 로마의 남부, 지중해에 면한 지역.

41

그러자 웃음소리가
적진에서 들리지 않는다.
어수선한 소란이
모든 선봉에서 일어난다.
6피트나 되는 긴 창끝이
강철 대오를 멈추게 한다.
그 누구도 그 좁은 길목으로
이기겠다고 나오지 못한다.

## XLI

But now no sound of laughter

  Was heard among the foes.

A wild and wrathful clamour

  From all the vanguard rose.

Six spears' lengths[1] from the entrance

  Halted that deep array,

And for a space no man came forth

  To win the narrow way.

---

1 Six spears' lengths; 6피트(약 180cm) 길이의 창을 뜻한다.

## 42

그때, 나가자! 외치는 아스투르
그러자, 와! 대오가 갈라진다.
루나의 위대한 군주가
보폭도 위엄 있게 걸어 나온다.
그의 널찍한 어깨에는
사각의 방패가 큰 소리로 쩌렁거리고,
그 누구도 감당 못할
큰 칼을 손에 휘두른다.

## XLII

But hark! the cry is Astur:

  And lo! the ranks divide;

And the great Lord of Luna

  Comes with his stately stride.

Upon his ample shoulders

  Clangs loud the four-fold shield,

And in his hand he shakes the brand

  Which none but he can wield.

43

그는 용감한 세 로마인에게 미소를 날린다.
담담한, 그러나 억지웃음이다.
그는 위축된 동족들을 의식하며
경멸하는 말투로 일갈한다.
"암 늑대로부터 난 새끼들이
다리 앞에 볼썽사납게 서 있다.
만일 내 저것들을 물리치면
모두 이 아스투르를 따르겠느냐?"

## XLIII

He smiled on those bold Romans

    A smile serene and high;

He eyed the flinching Tuscans,

    And scorn was in his eye.

Quoth he, "The she—wolf's[1] litter

    Stand savagely at bay:

But will ye dare to follow,

    If Astur clears the way?"

---

1 the she—wolf; 로마의 건국신화 속의 암컷 늑대.

## 44

그리고는 양손으로 큰 칼을 잡고
높이 치켜들어 공중을 휘저었다,
마침내 호라티우스에게 달려들어
있는 힘을 다해 강타한다.
방패로 막고 칼로 되찌르는 호라티우스.
보기 좋게 공수가 바뀌었다.
바뀐 타격, 좁혀진 간격,
투구는 스쳤으나 허벅지를 찔렀다.
붉은 선혈이 흐르는 것을 보고.
오히려 투스칸들이 즐거운 비명을 지른다.

## XLIV

Then, whirling up his broadsword

 With both hands to the heights

He rushed against Horatius,

   And smote with all his might,

With shield and blade Horatius

   Right deftly turned the blow.

The blow, though turned, came yet too nigh;

It missed his helm, but gashed his thigh:

The Tuscans raised a joyful cry

   To see the red blood flow.

45

그가 휘청거리며, 헤르미니우스와

한숨 거리를 유지하며

상처 입은 야생 고양이처럼

아스투르의 얼굴을 겨누어 덤벼들었으나

치아, 해골, 투구까지 관통하며

날카로운 칼날이 가른다.

투스칸의 머리를 자른 보검이

한 뼘 뒤에서 멎는다.

## XLV

He reeled, and on Herminius

  He leaned one breathing-space;

Then, like a wild cat mad with wounds

  Sprang right at Astur's face.

Through teeth, and skull, and helmet

  So fierce a thrust he sped,

The good sword stood a hand-breadth out

  Behind the Tuscan's head.

46

루나의 위대한 주인이

알베르누스 산맥을 강타한,

벼락을 맞은 참나무처럼

치명적인 일격에 꼬꾸라졌다.

번개 떨어진 숲 위로

거인이 큰대자로 나가떨어졌다.

그러자 창백한 예언자들이 신음하며

박살난 머리통을 바라보았다.

## XLVI

And the great Lord of Luna

    Fell at that deadly stroke,

As falls on Mount Alvernus[1]

    A thunder-smitten oak.

Far o'er the crashing forest

    The giant's arms lie spread;

And the pale augurs[2], muttering low,

    Gaze on the blasted head.

---

1 Alvernus _ 알베르누스; 지명. 현재의 라 베르나(La Verna).

2 augurs _ 아우구르; 신관. 예언자. 점쟁이를 뜻하는 말.

47

아스투르의 목구멍을 겨냥하여

호라티우스는 발꿈치로 정확히 눌렀다.

세 번, 네 번 힘껏 짓누르고

그의 무기를 빼앗기 전에 외친다.

"환영, 귀한 손님들!

여기서 기다리고 있었다.

다음에는 그 나라의 어떤 귀한 분께서

로마의 환대를 맛보시려나?"

## XLVII

On Astur's throat Horatius

  Right firmly pressed his heel,

And thrice and four times tugged amain,

  Ere he wrenched out the steel.

"And see," he cried, "the welcome,

  Fair guests, that waits you here!

What noble Lucumo comes next

  To taste our Roman cheer?"

## 48

그가 조롱을 해도
웅얼웅얼 반응이 시원찮다.
분노, 수치, 두려움이 섞인다.
번쩍거리는 선봉대에서는
전의가 왕성한 사람이 없다.
위풍당당하던 지휘관들도,
에트루리아의 모든 귀족들도
운명의 장소를 휘저어 놓을 뿐.

## XLVIII

But at his haughty challenge

    A sullen murmur ran,

Mingled of wrath, and shame, and dread,

    Along that glittering van.

There lacked not men of prowess,

    Nor men of lordly race,

For all Etruria's noblest

    Were round the fatal place[1].

---

1 fatal place; 이 전투를 기점으로 에트루리아 동맹이 약화되고, 로마 공화정이 흥
했다.

49

모든 에트루리아의 귀족들은

땅을 피로 물들인 시체로 인해

그들의 가슴이 내려앉을 것이다.

용맹한 세 사람을 통과하려면,

그 무시무시한 입구를 통과하려면;

그들 용감한 로마인들이 서 있는 곳을

분별없는 아이들처럼,

놀란 채 숲속을 뛰어다니다가

음흉한 지주의 입 속으로 뛰어드는 토끼처럼.

피와 뼈만 남은 사나운 곰이

낮게 으르렁거리는 곳으로.

## XLIX

But all Etruria's noblest

  Felt their hearts sink to see

On the earth the bloody corpses,

  In the path the dauntless Three:

And, from the ghastly entrance

  Where those bold Romans stood,

All shrank, like boys who unaware,

Ranging the woods to start a hare,

Come to the mouth of the dark laird

Where, growling low, a fierce old bear

  Lies amidst bones and blood.

50

맹렬한 공세의 진두에 서서
앞으로 나서려는 자 아무도 없는데
뒤에서는 '전진' 하라 외치고
앞에서는 '후퇴' 하라 외친다.
뒤가 먼저, 그리고 앞에서도
전투 대형이 흔들린다.
흔들리는 강철의 바다에서
이리저리 비틀거리는 깃발.
승리의 나팔 소리는
잦아들다 그친다.

L

Was none who would be foremost

   To lead such dire attack:

But those behind cried 'Forward!'

   And those before cried 'Back!'

And backward now and forward

   Wavers the deep array;

And on the tossing sea of steel,

To and fro the standards reel;

And the victorious trumpet—peal

   Dies fitfully away.

---

\* 페르시아 전쟁의 테르모필레 전투Battle of Thermopylae를 묘사한 판타지 영화 〈300(2006)〉에서 명대사로 사용되었다.

51

지금 이 순간을 위한 한 사람이

군중 앞으로 달려 나온다.

그 세 명도 익히 잘 알고 있어

그 남자에게 아는 척을 한다.

"환영, 대 환영, 섹스투스!

그대의 본향을 찾아온 것을 환영한다.

그대는 왜 거기 있다가 이제야 오는가?

여기가 로마로 통하는 길이다."

LI

Yet one man for one moment

   Strode out before the crowd;

Well known was he to all the Three,

   And they gave him greeting loud.

"Now welcome, welcome, Sextus!

   Now welcome to thy home!

Why dost thou stay, and turn away?

   Here lies the road to Rome."

## 52

세 차례, 그는 도시를 바라보았다.

세 차례, 그는 죽은 자들을 바라보았다.

그리고 세 차례, 분노가 터져 나왔고,

그리고 세 차례, 공포가 증가했다.

그리고 두려움과 증오로 하얗게 질려

좁은 길목을 쏘아보았다

그곳에서, 피로 물든 웅덩이에 나둥그러진

가장 용감한 투스칸 용사들을.

## LII

Thrice looked he at the city;

  Thrice looked he at the dead;

And thrice came on in fury,

  And thrice turned back in dread:

And, white with fear and hatred,

  Scowled at the narrow way

Where, wallowing in a pool of blood,

  The bravest Tuscans lay.

53

그 사이에 도끼와 지렛대는
교각에 단단하게 박혔다.
요동치는 물결 위로 드디어
다리가 흔들흔들 한다.
"후퇴, 후퇴, 호라티우스!"
원로들이 외친다.
"후퇴, 라르티우스! 후퇴, 헤르미니우스!
모두 후퇴하라, 곧 붕괴한다!"

LIII

But meanwhile axe and lever

   Have manfully been plied;

And now the bridge hangs tottering

   Above the boiling tide.

"Come back, come back, Horatius!"

   Loud cried the Fathers all.

"Back, Lartius! back, Herminius!

   Back, ere the ruin fall!"

54

스푸리우스 라르티우스가 물러나고,

헤르미니우스도 화살처럼 뒤로 물러난다.

그들이 건너갈 때, 발밑에서는

나무다리가 갈라져 부서지는 것 같았다.

원로들이 있는 강둑으로 건너와

그들이 온 곳으로 고개를 돌리자

용감한 호라티우스 혼자 서 있는 것이 보였다.

그들 두 사람만 다리를 건넌 것이다.

## LIV

Back darted Spurius Lartius;

   Herminius darted back:

And, as they passed, beneath their feet

   They felt the timbers crack.

But when they turned their faces,

   And on the farther shore

Saw brave Horatius stand alone,

   They would have crossed once more.

55

천둥 같은 소리를 내며

모든 교각이 무너져 내리고

거대한 잔해가 마치 댐처럼

강물의 흐름을 막을 듯이 쏟아져 내린다.

그러자 승리의 환호가 물결처럼 일어나

로마의 성벽을 따라 이어졌다.

티베르 강의 황토빛 물거품은

가장 높은 망루까지 튀어 올랐다.

LV

But with a crash like thunder

   Fell every loosened beam,

And, like a dam, the mighty wreck

   Lay right athwart the stream;

And a long shout of triumph

   Rose from the walls of Rome,

As to the highest turret—tops

   Was splashed the yellow foam.

56

그와 동시에

길들여지지 않은 야생마처럼

그가 높이 고삐를 치켜들었다.

성난 강물은 더욱 거세게 흘렀지만

황갈색의 거센 갈기를 뒤척이며

속박의 재갈을 풀어헤쳤다.

막중한 책임에서 벗어난

자유의 기쁨이 넘쳤다.

먼 바다를 향해 떠내려가는

다리의 난간과 바닥, 교각들.

## LVI

And like a horse unbroken

   When first he feels the rein,

The furious river struggled hard,

   And tossed his tawny mane,

And burst the curb and bounded,

   Rejoicing to be free;

And whirling down, in fierce career,

Battlement, and plank, and pier,

   Rushed headlong to the sea.

## 57

혼자 서 있던 용감한 호라티우스에게

여태 마음을 지배하고 있는 것이란

눈앞에 있는 구만 명의 적들과

뒤를 흐르는 넓은 강물뿐,

"저 자를 타도하라!" 그릇된 섹스투스가 외친다.

창백한 얼굴에 웃음을 띠며

"당장 물리쳐라," 포르세나 왕이 외친다.

"우리의 영광을 위하여 당장 물리쳐라!"

## LVII

Alone stood brave Horatius,

　　But constant still in mind,

Thrice thirty thousand foes before,

　　And the broad flood behind.

"Down with him!" cried false Sextus,

　　With a smile on his pale face;

"Now yield thee," cried Lars Porsena,

　　"Now yield thee to our grace!"

58

그가 적진에서 시선을 돌렸다.

더 이상 쳐다볼 가치도 없다는 듯이

포르세나 왕에게, 섹스투스에게

일언반구 대응하지 않았다.

그가 로마의 팔라틴 언덕을 바라본다.

고향의 눈부신 현관과 같은 곳,

그리곤 로마의 성탑을 에둘러 흐르는

고귀한 강에게 말한다.

## LVIII

Round turned he, as not deigning

   Those craven ranks to see;

Nought spake he to Lars Porsena,

   To Sextus nought spake he;

But he saw on Palatins[1]

   The white porch of his home;

And he spake to the noble river

   That rolls by the towers of Rome.

---

1 Palatins _ 팔라티노; 로마의 일곱 언덕 중의 하나. 이 일대가 고대 로마의 중심부였다.

59

"오, 티베르, 아버지 티베르!

로마가 기도를 바치는 강,

로마의 생명, 로마의 병기,

나는 그대에게 오늘을 맡긴다!"

그는 말하고, 또 말한다,

옆구리에 찬 훌륭한 칼에게도,

등허리의 가죽 갑옷에게도.

그리곤 흐르는 강물에 입수한다.

## LIX

"Oh, Tiber! Father Tiber!

   To whom the Romans pray,

A Roman's life, a Roman's arms,

   Take thou in charge this day!"

So he spake, and speaking sheathed

   The good sword by his side,

And with his harness on his back,

   Plunged headlong in the tide.

60

기쁨과 슬픔, 그 어떤 소리도

강의 양안에서 들리지 않았다.

친구들과 그리고, 바보처럼 놀란 적들만이

벌어진 입술로 눈을 치켜뜨고

그가 강물 속으로 가라앉는 걸 주시했다.

솟구치는 물결 위로 떠오른

그의 가문의 문장이 보이자

모든 로마는 미친 듯 울부짖었다.

토스카나의 장교들조차

칭찬하고픈 마음을 간신히 억눌렀다.

## LX

No sound of joy or sorrow

   Was heard from either bank,

But friends and foes in dumb surprise,

With parted lips and straining eyes,

   Stood gazing where he sank;

And when above the surges

   They saw his crest appear,

All Rome sent forth a rapturous cry,

And even the ranks of Tuscany

   Could scarce forbear to cheer.

61

한 달 동안 내린 비로 불어난

강물이 사납게 소용돌이치고 있었다.

그의 피가 물살을 타고 흐른다.

그는 고통에 신음하고 있었다.

갑옷의 무게에 눌린 몸으로 인하여,

싸움에 지친 몸으로 인하여

그들은 그가 가라앉았다고 생각했지만

그러나 또 다시 그는 일어났으니.

## LXI

But fiercely ran the current,

    Swollen high by months of rain;

And fast his blood was flowing,

    And he was sore in pain,

And heavy with his armour,

    And spent with changing blows;

And oft they thought him sinking,

    But still again he rose.

## 62

결단코 나는 믿는다, 수영 선수라 해도
그와 같은 악조건 아래서는 힘들 것이다,
분노하듯 요동치는 물결 속에서
안전하게 강을 건너는 것이.
그러나 그의 팔다리는 강골로,
내면은 강심장으로 타고났기에
그리고 우리의 선한 아버지 티베르가
그의 용맹을 무조건 감싸 안았음으로.

## LXII

Never, I ween, did swimmer,

In such an evil case,

Struggle through such a raging flood

Safe to the landing place;

But his limbs were borne up bravely

By the brave heart within,

And our good father Tiber

Bare bravely up his chin.

63

"저 자에게 저주를!"

그릇된 섹스투스가 말했다.

"저 악당이 익사하지 않았단 말인가?

이러고 있을 게 아니라 오늘 안으로

우리는 로마를 쳤어야 했다."

"하늘이 그 자를 도왔나?"

포르세나 왕이 말했다.

"그를 안전한 물 가로 데려갔나,

그처럼 대담한 무공은

이전에 결코 본 적이 없다."

## LXIII

"Curse on him!" quoth false Sextus,

  "Will not the villain drown?

But for this stay, ere close of day

  We should have sacked the town!"

"Heaven help him!" quoth Lars Porsena,

  "And bring him safe to shore;

For such a gallant feat of arms

  Was never seen before."

64

이제야 그의 발치에 바닥이 느껴진다.

드디어 마른 땅에 그가 올라섰다.

그의 주위로 민회원들이 모여들고

피투성이 그의 손을 맞잡는다

그리고 환호와 박수 소리,

흐느끼며 우는 소리도 들린다.

그가 강을 지키는 성문으로 들어선다.

기뻐하는 군중에 떠받들려.

## LXIV

And now he feels the bottom;

   Now on dry earth he stands;

Now round him throng the Fathers

   To press his gory hands;

And now, with shouts and clapping,

   And noise of weeping loud,

He enters through the River—Gate,

   Borne by the joyous crowd.

65

그들은 그에게 기름진 농지를 하사했으니
그것은 당연한 권리,
기운 센 황소 두 마리가 아침부터 저녁까지
쟁기로 밭을 갈아야 하는 땅이다.
그리고 그를 기리는 동상을 만들어
높이 세워 놓았으니
지금 와서 말을 좀 보탠다면
오늘날까지 그 자리에 그가 있다.

## LXV

They gave him of the corn—land,

   That was of public right,

As much as two strong oxen

   Could plough from morn till night;

And they made a molten image,

   And set it up on high,

And there it stands unto this day

   To witness if I lie.

66

로마의 민회 광장 한가운데

모든 사람들의 눈에 띄는 자리에

한쪽 무릎을 곧추세운

갑옷 차림의 호라티우스.

동상 아래는 모든 글자를 황금으로 새겨

다음과 같이 적어 놓았으니

그가 얼마나 용맹하게 다리를 지켰는지

용감한 그 시절에.

## LXVI

It stands in the Comitium[1],

   Plain for all folk to see,

Horatius in his harness,

   Halting upon one knee:

And underneath is written,

   In letters all of gold,

How valiantly he kept the bridge

   In the brave days of old.

---

1 Comitium _ **코미티움**; 고대 로마의 민회가 열리던 광장.

67

로마의 남자들에게

그의 명성은 회자되고 있었으니

볼스키 족을 쳐부술 때 울려 퍼졌던

진군 나팔소리처럼.

여자들은 여신 주노에게 기도한다,

다리를 잘 지킨 사람처럼

훌륭한 아들을 낳게 해달라고,

용감한 그 시절에.

## LXVII

And still his name sounds stirring

　　Unto the men of Rome,

As the trumpet—blast that cries to them

　　To charge the Volscian[1] home;

And wives still pray to Juno[2]

　　For boys with hearts as bold

As his who kept the bridge so well

　　In the brave days of old.

---

1 Volscian _ **볼스키 족**; 로마 남쪽에 정착했던 부족으로 초기 로마 왕정에 대항
　했다.
2 Juno _ **주노**; 결혼과 출산의 여신.

68

한겨울 한밤중에

차가운 북풍이 몰아칠 때,

늑대들의 울부짖는 소리가

멀리 흰 눈 속에서 들려올 때,

외딴 주택을 빙빙 돌며

폭풍 소리가 휘몰아칠 때

집 안에서 맹렬히 타오르는

알기두스 산의 아름드리 통나무 불길처럼.

## LXVIII

And in the nights of winter,

   When the cold north winds blow,

And the long howling of the wolves

   Is heard amidst the snow;

When round the lonely cottage

   Roars loud the tempest's din,

And the good logs of Algidus[1]

  Roar louder yet within;

---

1 Algidus _ 알기두스; 로마 부근에 있는 산. 로마인들은 이 산에서 나오는 나무를 땔감으로 사용했다.

69

가장 오래 묵은 술통이 열릴 때,

가장 밝은 등불에 불을 붙일 때;

아이들이 밤나무 등걸에

불을 활활 지필 때;

젊은이와 늙은이가 손에 손잡고

횃불 가까이 모여들 때;

소녀들은 바구니를 짜고,

소년들은 활을 길들일 때;

## LXIX

When the oldest cask is opened,

   And the largest lamp is lit;

When the chestnuts glow in the embers,

   And the kid turns on the spit;

When young and old in circle

   Around the firebrands close;

When the girls are weaving baskets,

   And the lads are shaping bows;

70

남편은 갑옷을 수선하고,

투구의 장식을 손질할 때;

아내는 베틀에 올라 옷감을 짜는

분주한 손놀림에 흥이 나서 즐거울 때;

사람을 웃기고 울리는 이 이야기는

그치지 않고 후세 사람들 입에 오를 테니

호라티우스가 어떻게 하여

로마의 다리를 사수하였는지,

용감한 그 시절에.

LXX

When the goodman mends his armour,

  And trims his helmet's plume;

When the goodwife's shuttle merrily

  Goes flashing through the loom;

With weeping and with laughter

  Still is the story told,

How well Horatius kept the bridge

  In the brave days of old.

이 책은 19세기 영국의 역사가이자 정치가인 토머스 매콜리Thomas Babington Macaulay(1800~1859)가 쓴 〈고대 로마의 노래Lays of Ancient Rome〉(1842)에 수록된 서사시 〈호라티우스Horatius〉를 우리말로 옮긴 것으로, 고대 로마의 영웅 호라티우스 코클레스Horatius Cocles가 에트루리아 군대에 맞서 싸운 영웅담이다(호라티우스 코클레스는 티투스 리비우스Titus Livius의 〈로마사〉에 영웅으로 등장하는 인물로, 고대 로마의 시인 '퀸투스 호라티우스 플라쿠스Quintus Horatius Flaccus(BC 65~BC 8)'와는 다른 인물이다).

로마 역사에는 호라티우스라는 이름을 쓰는 인물이 다수 등장하는데, 그는 로마가 왕정에서 공화정으로 새롭게 출발하던 변화의 시기 로마와 에트루리아 사이에 전쟁이 벌어졌을 때 로마로 들어오는 통로인 티베르 강의 다리를 혼자서 지켜낸 영웅이다.

로마의 관문 수블리키우스 다리Pons Sublicius에서 에트루리아 동맹에 맞서 싸우다가 눈에 부상을 입은 '외눈박이 호라티우스' 이야기는 시대를 초월해서 많은 사람들에게 널리 인용되었다. 나라의 명운이 걸린 절체절명의 위기를 불굴의 용기로 극복해낸 호라티우스의 영웅적인 행동은 시대를 초월해서 리더들이 큰 결단을 앞두고 주문呪文처럼 애송하는 시로 전승되었다.

특히 제2차 세계대전을 승리로 이끈 영국 수상 처칠Winston Churchill은 어린 시절부터 '호라티우스' 70편 전문을 즐겨 애송했다고 하는데, 처칠에 관한 영화 〈인투 더 스톰Into the storm〉(2009)이나 〈다키스트 아워Darkest hour〉(2017)에서 우리는 격문처럼 '호라티우스'를 암송하는 처칠을 만날 수 있다.

바로 그때 용감한 수문장
호라티우스가 외쳤다.
"이 세상 모든 사람들에게
언젠가 죽음은 찾아오는 법,
두려움과 맞서 싸우는 것보다

더 훌륭한 죽음이 어디 있으랴.

조상들이 뼈를 묻은 이 땅을 위하여,

그 분들이 모시던 신들의 성전을 위하여."


또 다른 영화 하나. 황폐해진 미래 지구를 배경으로 한 미국의 SF 영화 〈오블리비언Oblivion〉(2013)에도 '호라티우스' 시가 등장한다.

외계인과의 전쟁으로 대부분의 인류는 토성에 마련한 식민지 타이탄으로 떠나고, 황폐해진 지구에 살아남은 사람들은 반란군을 조직하여 지하 도서관에 은신하는데, 그곳에는 지구가 멸망하기 전 찬란한 영광을 누렸던 고전古典들이 보관되어 있다. 이곳에서 주인공 잭 하퍼(톰 크루즈)가 펼쳐든 책이 바로 〈호라티우스〉였다.

톰 크루즈가 읽어가는 시 역시 처칠이 읽던 바로 그것; '조상들이 뼈를 묻은 이 땅을 위하여' '두려움과 맞서 싸우는' '훌륭한 죽음'이다. 바로 '생즉사 사즉생生則死死則生(살고자 하면 죽을 것이고 죽고자 하면 살 것이다)'의 길이다. 이제 우리는 알 수 있다. 결단의 순간에 죽기를 각오하고 싸우는 그것이 바로 삶의 길임을!

물론 전쟁의 시기가 아니더라도 리더의 용기 있는 결단을 요구하는 일들은 도처에서 끊이지 않고 일어나고 있으며, 또 누군가의 용기 있는 행동으로 그것들을 극복하고 우리가 평온한 일상을 영위할 수 있게 해준다.

한편, 기원전 480년 페르시안 전쟁의 테르모필레 Thermopylae 전투를 묘사한 웅장한 판타지 영화 〈300〉 (2006)에서도 '호라티우스' 시는 명대사로 인용되었다.

"앞으로 나서려는 자 아무도 없는데
뒤에서는 '전진'하라 외치고
앞에서는 '후퇴'하라 외친다."

한치 앞도 내다볼 수 없는 현실에서 뭔가 선택해야 하는 상황을 맞아 끝없이 망설이고 주저하는 우리 모습을 보는 것 같다. 절체절명의 순간 처신하기는 그만큼 더 어렵다.

우리 삶은 B(birth)와 D(death) 사이의 C(choice)일 텐데, 현명한 선택을 위한 우리의 끝없는 노력에 대한 답은 어쩌면 저자인 토머스 매콜리의 다음 말에서 찾을 수 있지 않을까 싶다.

"사람의 진짜 인격을 재는 척도는 자기가 절대로 들킬 리가 없다는 것을 알고 있을 경우에 어떻게 행동하느냐 하는 것이다."

# 호라티우스
## HORATIUS

지은이 | 토머스 매콜리(Thomas Babington Macaulay)
옮긴이 | 채이삭
펴낸이 | 박영발
펴낸곳 | W미디어
등록| 제2005-000030호
1쇄 발행 | 2018년 12월 12일
주소 | 서울 양천구 목동서로 77 현대월드타워 1905호
전화 | 02-6678-0708
e-메일 | wmedia@naver.com

ISBN  979-11-89172-02-2  (03840)

값 10,000원